# 古利和古拉的12个月之歌

[日] 中川李枝子 著　[日] 山胁百合子 绘　爱心树 译

北京联合出版公司
Beijing United Publishing Co.,Ltd.

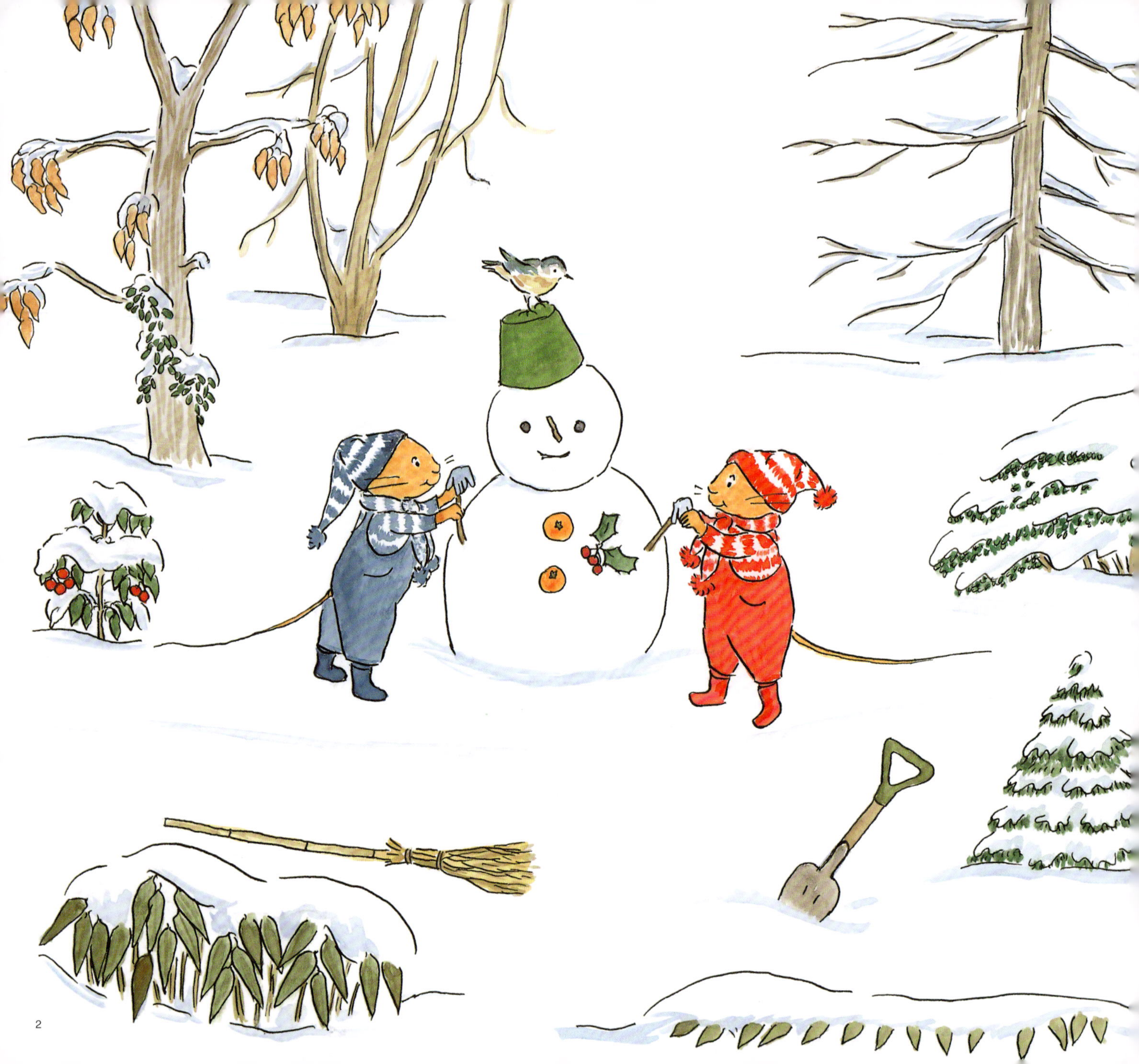

# 1 月

新年到了，
让我们打扮得漂漂亮亮，
彬彬有礼地去拜年。
祝大家"新年快乐"！
各位好朋友，
今年也要互相帮助。

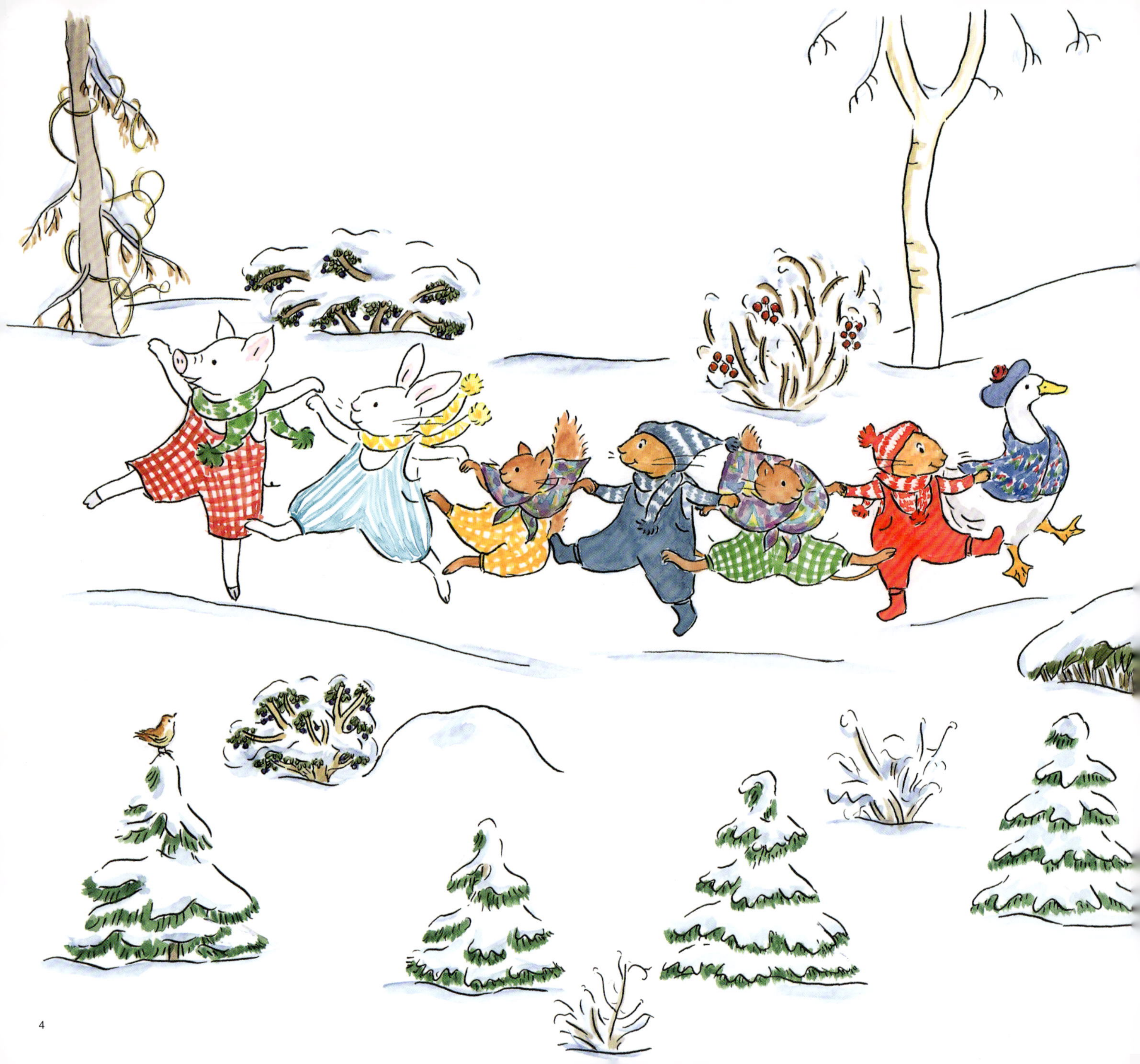

# 2月

雪花,雪花,多么洁白。
伴着雪的圆舞曲,
让我们跳起舞来。
手拉手,一二三;
向右转,嗒嗒嗒;
向左转,咚咚咚;
抬起腿,转个圈儿;
跳起来,啦啦啦。

6

# 3月

春天来了,
太阳出来散步,
从窗口探进家家户户,
和大家打着招呼。
花盆里的花草,
欢喜地挺直了腰,
齐声喊道:
"太阳、太阳,欢迎你!"

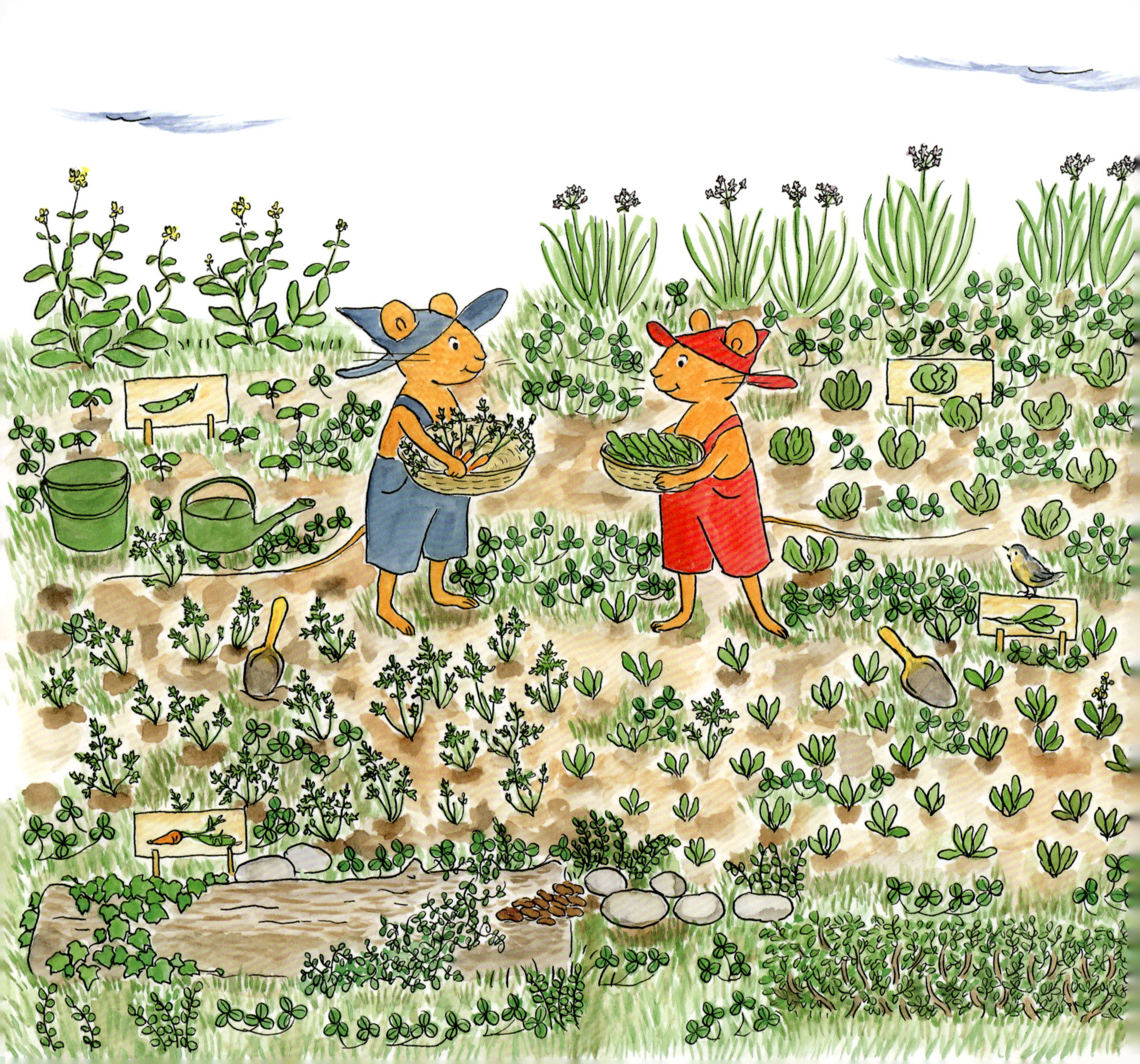

# 4 月

萝卜、菠菜和豌豆,
圆白菜、青椒、洋葱头,
西红柿、茄子和韭菜,
生菜、香菇和土豆,
白菜、牛蒡、胡萝卜。
好吃,好吃,真好吃。
我们身体好,因为不挑食。

10

# 5 月

五月的晴空下，
绿叶嫩得耀眼，
小鸟在放声歌唱。
为什么饱吸了新鲜空气，
却觉得肚子好饿？
忍一忍，忍一忍，忍耐到中午。
过了独木桥，就能开饭了。

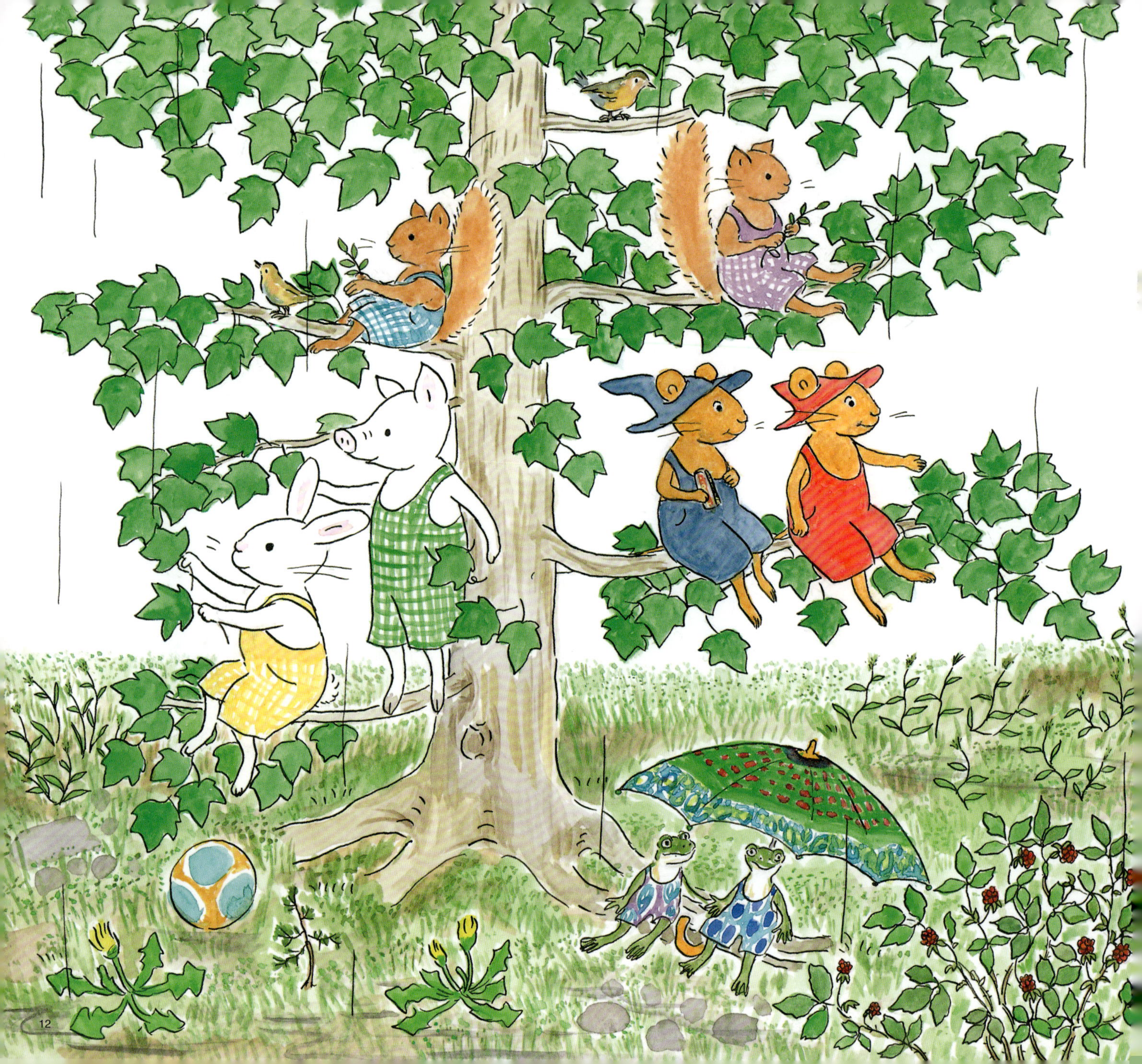

# 6 月

下雨的日子,真快活。
去树下避雨,听雨的音乐会。
听到了吗?
钢琴、竖琴、响板、
手铃、手鼓、大鼓。
快乐的音乐会,
直到雨停了才会落幕。

七夕节要
的装饰

1. ooooo
2. ⭐
3. 其他各种东

# 7月

折纸、彩纸、剪刀、糨糊，
材料样样准备齐，
大家一起动手吧，
来做星星节的装饰。
折折、叠叠、剪剪、贴贴，
三角形、四方形。
漂亮的彩链做好了，
我们迎接七夕节。

16

# 8月

巨浪从远方涌来,
又向远方退去。
大海无边无际,一浪接一浪。
好想像鱼儿一样,
去游泳,去潜水。
我们捡贝壳,堆沙丘,
更盼望有一天扬帆远航,
去大海的那一边。

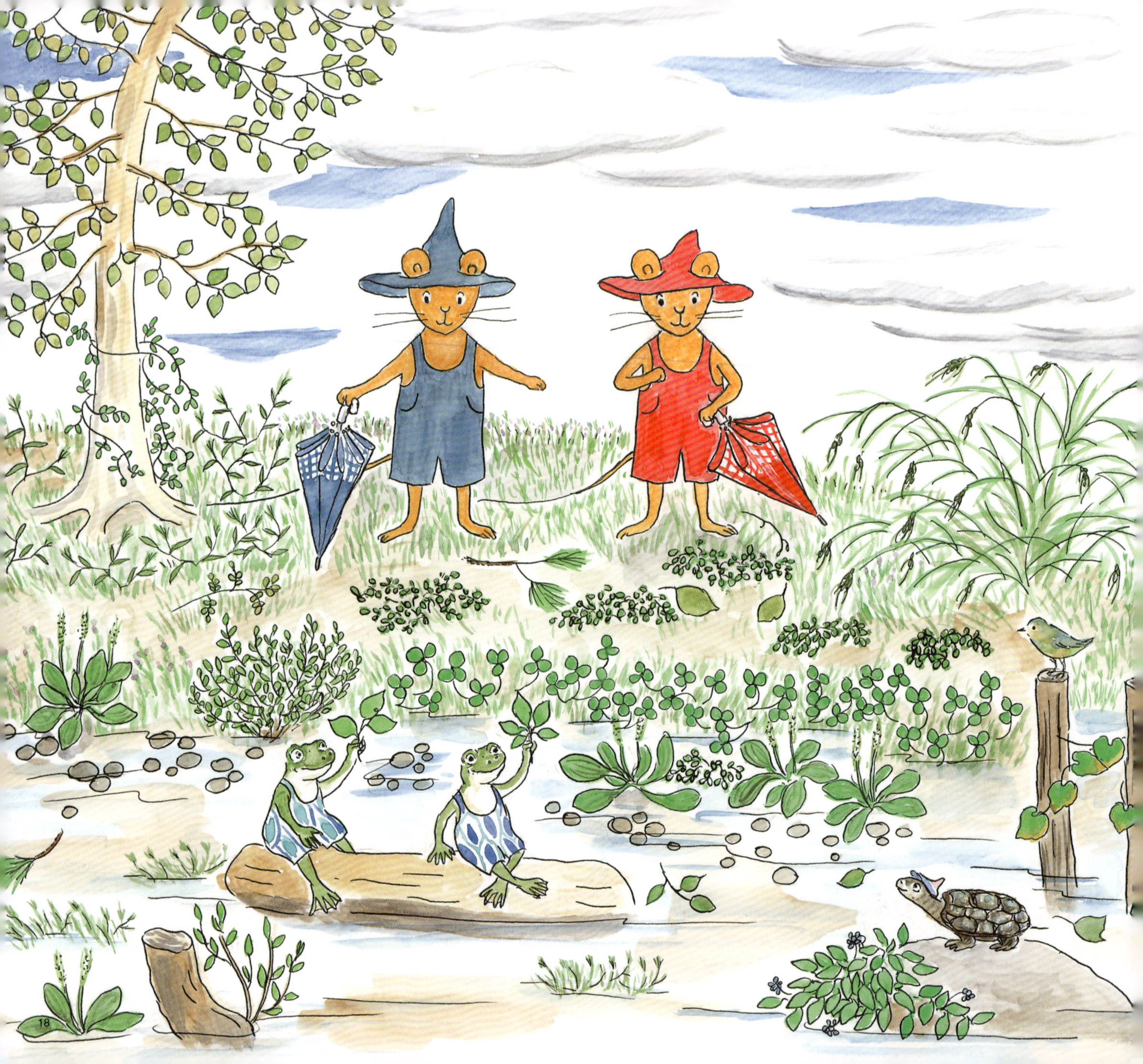

# 9月

狂风暴雨都过去了,
九月初的台风也停止了胡闹。
美丽的蓝天露出了笑脸,
是筹备赏月会的时候了。
叫上青蛙和乌龟,
大家好好来商谈。

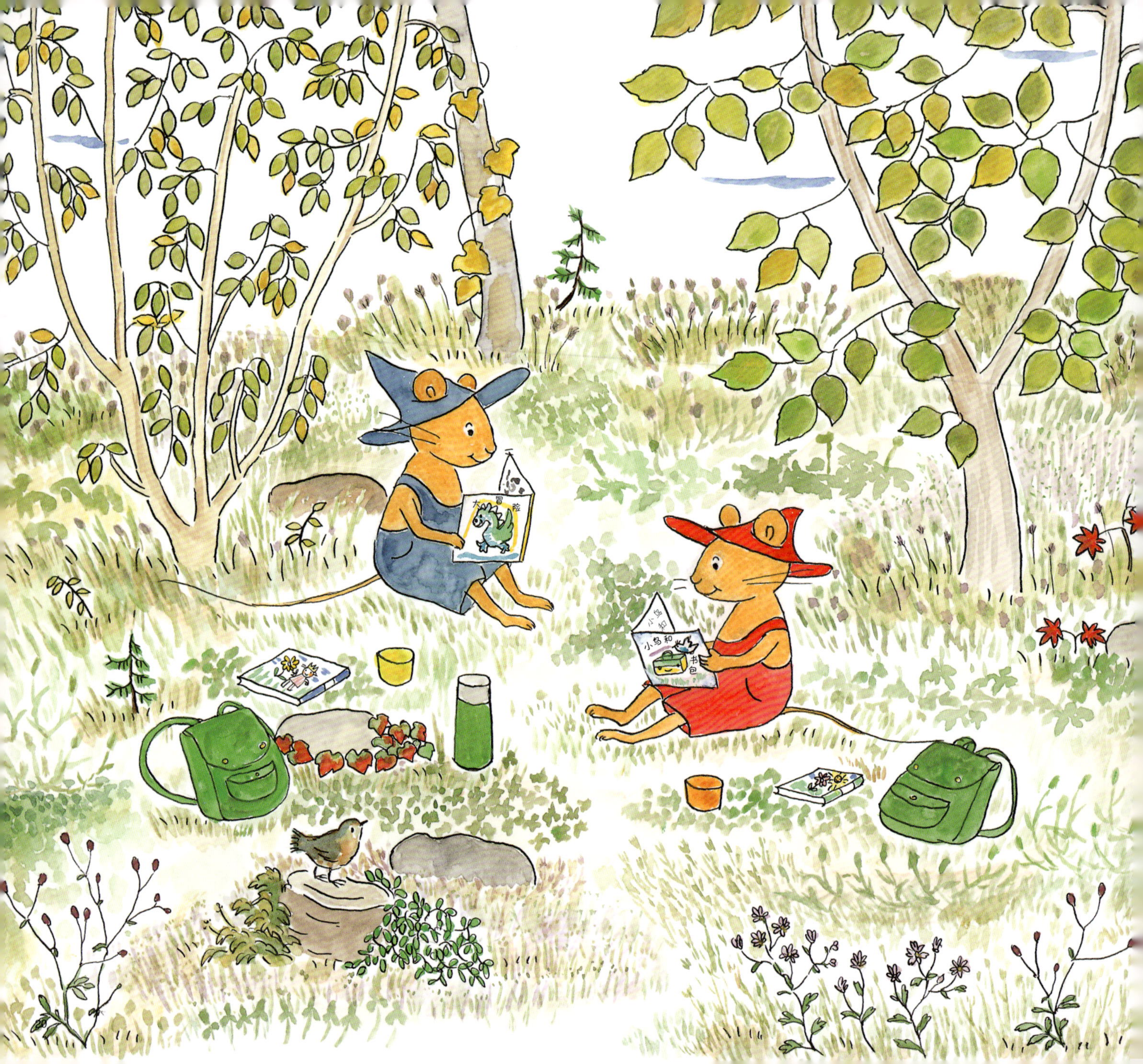
大冒险
小鸟和书包

# 10 月

身背书包去哪里?
去寂静的树林。
书包里装着什么?
书。
谁读这些书?
我。
请跟我来,我读给你听。

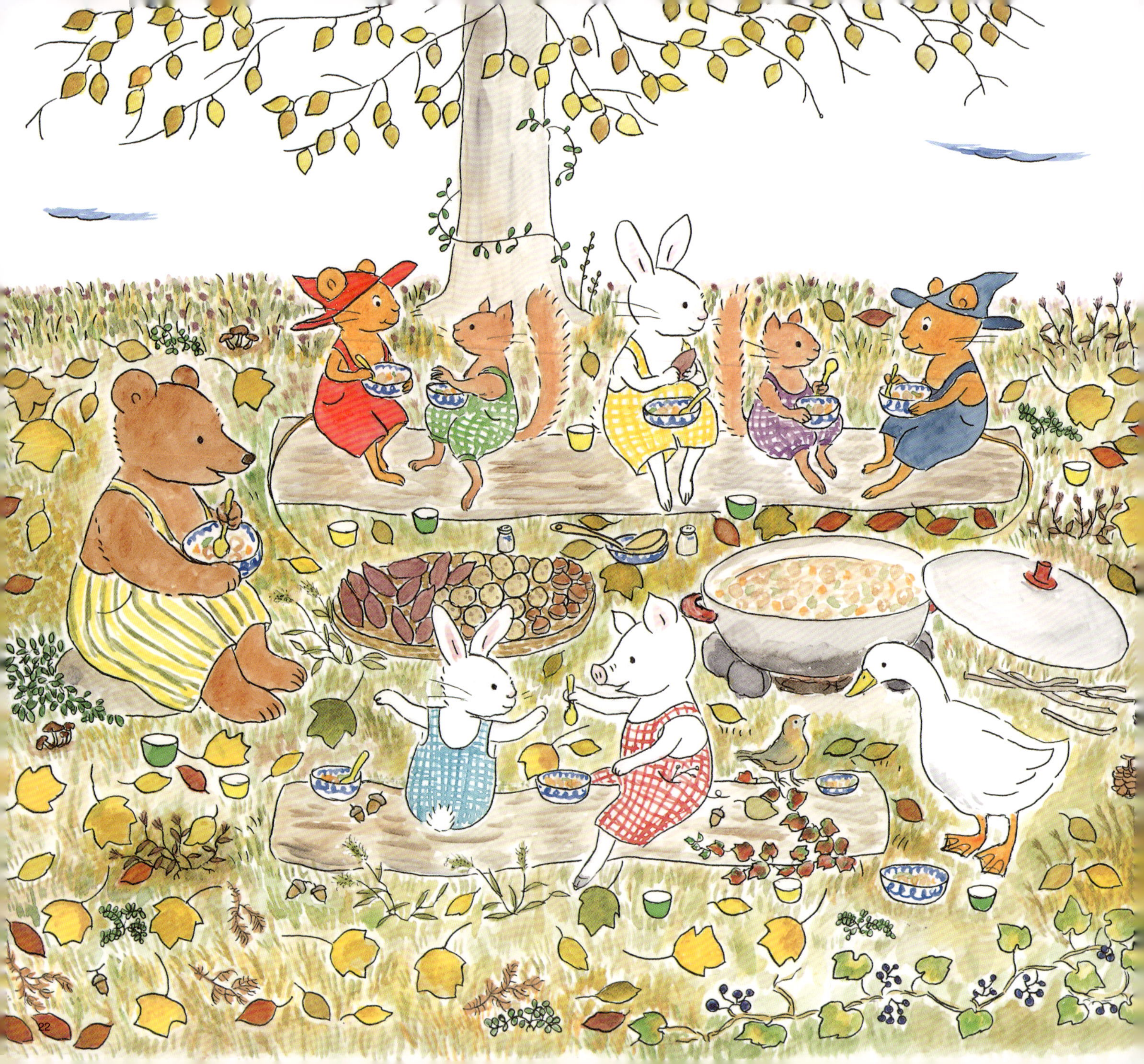

# 11 月

真好闻啊!

锅里饭菜飘香。

让我看一下,再来尝一尝。

哎呀,太好吃了!

咂咂嘴,嘬嘬舌,还想吃一口。

这个香,那个甜,

样样都好吃,眼睛忙不停。

小馋鬼们来聚会,

在食欲旺盛的秋天。

24

# 12 月

十二月来到了,
三百六十五天的一年里,
虽然有过倒霉的日子,
也曾感冒拉肚子,
跌跌撞撞蹭破皮,
头上碰起大包,疼得哭鼻子。
但是现在都好了,
让过去的都过去吧。
开个联欢会,
向旧的一年说"再见"。

26

好朋友们围成圈儿,
唱起来,跳起来。

276们一个月之歌,
庆祝你一岁生日。
祝你的事情成功。
好朋友们围成圈儿,
唱起来,跳起来。

* GURI TO GURA NO UTAUTA JU-NI TSUKI (Guri and Gura's Songs of Seasons)
Text © Rieko Nakagawa 2000, 2003
Illustrations © Yuriko Yamawaki 2000, 2003
Originally published in Japan in 2003 by FUKUINKAN SHOTEN PUBLISHERS, INC.
Simplified Chinese translation rights arranged with FUKUINKAN SHOTEN
PUBLISHERS, INC., TOKYO.
through DAIKOUSHA INC., KAWAGOE.
All rights reserved.

北京市版权局著作权合同登记 图字：01-2020-2402